Tindernator

50 Frauen in 1 Jahr

Autor : Rolf Bernsen

AF235486

Rolf Bernsen

Tindernator

50 Frauen in 1 Jahr

Roman

Bibliografische Information der Deutschen Nationalbibliothek:
Die Deutsche Nationalbibliothek verzeichnet diese Publikation in der Deutschen Nationalbibliografie; detaillierte bibliografische Daten sind im Internet über http://dnb.dnb.de abrufbar.

Herstellung und Verlag: BoD – Books on Demand, Norderstedt

ISBN: **9783752672633**

ERFOLG IN SINGLEBÖRSEN

Schluss mit lustig, eine Frau muss her. Das Leben ist langweilig genug allein und was ist schöner, als sich Unternehmungen zu teilen! Alle sprechen von Tinder, also melde ich mich da an. Kurzentschlossen und einfach mal machen. Mir ist klar, was Frau da von mir sehen möchte. Ein aktuelles Bild. Keine Poserbilder vor Autos oder mit Tieren und vor allen Dingen auf keinen Fall eine Sonnenbrille oder gar eine Corona Schutzmaske!

Also raus mit dem Handy und auf den Selfiestick geschraubt und los geht es. Nicht zu debil gucken und leicht lächeln. Nur nicht wie Harald Juhnke zu seinen besten Zeiten, wenn er leicht einen sitzen hatte oder gar wie der Joker, so dass die Angebetete schon beim Foto Angst bekommt und direkt nach links wischt.

Ein ansprechender Text ins Profil und hier mein ultimativer Tipp: formuliere eine witzige Frage, die zum Handeln auffordert. Das kannst du variieren zwischen leicht verrückt und unsinnig bis witzig oder halt etwas langweiliger, aber dafür bodenständig.

Grundsätzlich sprichst du mit deinen Bildern und deinen Profiltexten genau die Zielgruppe an, die du selbst auch verkörperst. Klar kannst du dich verkleiden und den harten Biker präsentieren. Damit sprichst du auch direkt die Frauen an, die genau so einen Typen suchen und auf den vermeintlich harten Typen stehen. Versuchs als „Grufti" in schwarz und du wirst sehen, die esoterischen Girls melden sich zu Wort. Als abenteuerlustiger Spaziergänger mit Wanderrucksack und Bergpanorama oder als Naturbursche und schon schreiben dich überwiegend vegane Müsliliebhaberinnen an. Hier gibt es keine Grenzen und ich habe sie alle in diesem einen Jahr kennengelernt.

Auf jeden Fall ist Tinder und ein gewisses Geschick in der Selbstvermarktung der Garant dafür, schnell eine Frau kennenzulernen und wenn du es willst, alles von ihr zu bekommen! Wirklich alles!

Es gibt sogar Typen auf diesen Plattformen, die holen sich Geld von den Frauen. Häufig illegal und wirklich hinterlistig. Da muss ich aber auch unterschreiben, dass die Damen einfach zu naiv sind, wenn sie das mit sich machen lassen. Oder sie sind einfach nur verzweifelt und in ihrer Verzweiflung schon nach ein paar Zeilen schlicht und ergreifend verliebt und bereit, alles zu tun.

Als ich im Winter mit tinder anfing, habe ich die ersten Frauen auf Parkplätzen gedatet. Schnell einen Kaffee trinken gehen oder selbst ein kleines Picknick für den Spaziergang mitbringen und nach knapp einer Stunde ging man schon Hand in Hand, so dass sich alles weitere schnell ergab. Die ersten Dates waren dann nur für mich befriedigend und alles spielte sich im Auto ab. Später baute ich die Dates aus und sie gingen dann nicht über ein paar Stunden, sondern ein paar Tage. Anfänglich hatte ich noch viel Energie und zeitgleich bis zu 2 – 3 Frauen. Schon nach wenigen Wochen wollte ich aber etwas mehr erreichen, also nur Hand- oder Blowjobs im Auto und arrangierte bei ihr oder mir die Dates. Jetzt zähle ich die 50 mal runter.

Die Künstlerin

Kennengelernt habe ich die süße Blonde bei Finya
und sie sprang direkt auf leicht verrückte Sprüche an. Sie hatte Sehnsucht nach einem wirklich festen Freund und wollte alles zu zweit erleben. Zusammen einkaufen, kochen, bummeln und so weiter. Für unser erstes Date war ich extrem gut vorbereitet. Sie hat mir beim Schreiben verraten, dass sie total auf schwarze Oliven vom Discounter steht. Wir haben uns in einer kleinen Bar auf der Schanze verabredt. Ich war wie üblich 15 Minuten früher da. Habe mir einen guten Platz an der Bar gesucht, damit ich den Eingang überblicke und dann kam sie auch schon rein.

Die Bilder im Portal waren schon mal übereinstimmend. Sie hat also nicht geschummelt und 10 Jahre alte Bilder verwendet. Als sie auf mich zukommt, blickte sie verschüchtert und aufgeregt rechts und links, aber sah mich nicht an und setzte sich ganz schnell hin. Ich habe sofort die Atmosphäre gelockert und ihr ein Glas Oliven, die sie so mag aus dem Discounter auf den Tisch gestellt. Für 1,49 Euro war jetzt also das Eis gebrochen. Es folgte eine Unterhaltung über Gott und die Welt und man fand sich sympathisch. Nach etwa einer halben Stunde habe ich das erste verbindliche

Signal ausgesendet und ihr gesagt, dass ich sie gerne ansehe. Gleichzeitig habe ich ihre Hand berührt. Das gefiel ihr nicht und ging ihr zu schnell. Sie guckte ganz erschrocken und ängstlich und zog die Hand weg. Davon ließ ich mich nicht abschrecken. Ich entschuldigte mich zärtlich für diesen Vorstoß und versicherte ihr noch einmal, dass ich sie offenbar gern habe und das ja irgendwie zeigen muss. Das schien sie etwas zu beruhigen und ich legte erneut meine Hand auf ihre, aber nur ganz leicht und gab ihr das Gefühl einer vorsichtigen Annäherung. Sie hat es also lieber etwas langsamer. Kein Problem, denn ich kann mich mit meinen 41 Lebensjahren auch mal zurücknehmen und muss nicht sofort mit der Frau ins Bett. Dafür habe ich noch andere Eisen im Feuer. Nach dem wir also ausgetrunken haben, folgt die Verabschiedung. Wir gehen gemeinsam aus der Bar in die kühle Dezembernacht. Sie muss nach links ich nach rechts. Ich untermauere meine verbindlichen Absichten und drücke sie zum Abschied noch einmal. Dieses Date erforderte also noch etwas schriftliche Nacharbeit, damit es beim zweiten Mal zur Sache gehen kann.

Da ich gleichzeitig bei Finya und Poppen.de angemeldet war, hatte ich für diese Wochen noch ein Eisen im Feuer.

Die Frohnatur

Die dralle Rheinländerin hat sich auf der Plattform Poppen natürlich standesgemäß schon erklärt und wenn du es schaffst, mit einer Frau aus diesem Portal ein Date zu bekommen, geht es im Prinzip schon nach spätestens einer Stunde rund. Die Frohnatur aus dem Rheinland hatte alles, nur keinen sexuell aktiven Ehemann. Aber genau den wollte sie nicht verlassen und deshalb suchte sie auf Poppem.de

8

immer wieder kleine Abenteuer für ihr Liebesleben. Man muss ganz klar sagen, dass es auf dieser Plattform kaum verbindliche Absichten suchende Frauen gibt, aber wenn man genau hinschaut, kann man auch was Leckeres finden. Und Claudia war nett. Schöner grosser Busen, leicht rundliche Figur, aber nicht fett und total umgänglich und einfach lustig im Gespräch. Ich bin direkt mit Claudia los in die Bar Altamira in Bahrenfeld und wir haben uns ein paar Tapas und Drinks schmecken lassen. Sie hat erzählt, dass sie ihren Mann nicht verlassen möchte und eben anderweitig Spaß sucht. Aber der Spaßpartner soll dann schon auch für eine längere Zeit an ihrer Seite sein. Das war doch schon mal was. Noch in der Bar hielten wir Händchen und sind dann nach dem Bezahlen zusammen zu meinem Auto. Es folgte eine ausgiebige Knutscherei und meine neugierigen Hände waren ganz schnell unter ihrem Pullover. Schöne feste grosse Brüste entdeckte ich da und ruckzuck war der BH geöffnet. Meine Erregung war unübersehbar und Claudia packte aus. Ich habe nur mit einem Handjob gerechnet, aber sie ließ es sich genüsslich schmecken. Claudia war für mich mit meinen 41 Jahren Premiere, denn ich erlebte das erste Mal in meinem Leben einen echten Deepthroat. Das hatte sie drauf und ohne angeben zu wollen, bei mir muss man etwas mehr in den Mund nehmen. Ich bin richtig gut gekommen und hatte total Bock, mit Claudia richtig ins Bett zu gehen. Dazu kam es leider nicht mehr, aber ich hatte in diesem Jahr noch 49 andere Gelegenheiten.

Das zweite Date mit der Künstlerin war deutlich unbeschwerter. Nachdem ich sie noch schriftlich 2 Tage ordentlich bearbeitet habe und sie überzeugen konnte, nur beste Absichten mit ihr zu haben, kam sie mir sehr viel entspannter vor. Wir trafen uns erneut in der gleichen Bar im

9

Schanzenviertel und setzten uns diesmal aber gmeinsam auf ein Sofa in einer dunklen Ecke und nach nur 20 Minuten Aufwärmphase küssten wir uns leidenschaftlich. Beim Küssen kann man schnell rausfinden, wie die Frau es mag. Sabbern mögen die wenigsten Frauen. Die Hobbiekünstlerin Sabine mochte es zärtlich und genoss es, nur die Lippen zart aneinander zu reiben. Nach kurzer Zeit atmete sie aber auch schon schwerer und plötzlich dachte ich, mich verhört zu haben. Sie fragte mich tatsächlich, ob wir die Bar verlassen wollen und zu ihr nach Hause. Das ist ein Punkt, da muss man schlau anworten. Eine schlaue Anwort und Handel ist, dass man damit einverstanden ist, aber nicht möchte, dass es zum Äußersten kommt, also Sex. Das wiegt die Frau noch einmal in Sicherheit und glaubt mir, wenn sie erregt sind, lassen sie ihre Vorsätze ganz von alleine fallen. Kein Mann muss eine Frau bedrängen, wenn man sich zärlich zurückhaltend gibt und sie trotzdem geil macht.

Der Weg von der Bar bis zur Wohung von Sabine könnte in einem Liebesroman stehen. Immer wieder unterbrachen wir den Rückweg und verschwanden in dunklen Eingängen oder Toreinfahrten und küssten uns. Die Erregung und Lust aufeinander hielt den ganzen Rückweg und es fiel ihr fast schon schwer, die Wohnungstür schnell aufzuschliessen.

Kaum in der Wohnung entkleideten wir uns gegenseitig helfend und beiläufig, bis wir nackt waren und uns auf die entkleideten Klamotten legten. Leidenschaftlich und abwechselnd schnell und langsam liebten wir uns und die ganze Situation war hochgradig erotisch und erfüllend. Sabine kam relativ schnell und genoss ihren Orgasmus. Das machte mir Spaß ich mag es, wenn die Frau kommt und ich das war. Mit Sabine habe ich es eine ganze Woche noch

10

weitergetrieben, obwohl ich zeitgleich schon wieder Kontakt zu einer süßen Polin über das Portal Fischkopf hatte.

Die Polin

Ihr Name war so gar nicht mein Fall und auch der harte Dialekt nicht. Den habe ich natürlich erst beim ersten Telefonat mit Violka gehört. Aber egal, Violka fand mich witzig und ich nannte mich zur Abwechslung einfach mal Rolf. Violka und Rolf waren schon nach 2 Tagen Schreiberei und einem Telefonat an einem Freitag Abend in Ottensen in einer Bar verabredet. Einen Parkplatz zu finden ist in Ottensen ja mehr oder weniger schwierig, aber es gelingt. Ich hatte einen wunderbaren Parkplatz in der Leverkusenstraße, wo nur tagsüber viel Publikum ist. Mir war schon klar, dass ich Violka noch in der Bar dazu bekomme, mit mir in mein Auto zu steigen.

Gesagt getan, in der Bar tauschten wir bereits zärtliche Küsse aus und meine Hand war ständig unter ihrem Pullover oder an ihrem festen Po. Violka war mit ihren 34 Jahren ein heisser Feger und ich war richtig scharf auf sie. Auf dem Weg zum Auto zog ich sie auch ständig in den Schatten von Eingängen oder Ecken und küsste sie. Das hält die knisternde Spannung oben, denn im Winter ist so ein Spaziergang in der nasskalten Straße von Hamburg nicht unbedingt einladend.

Im Auto küssten wir uns weiter. Ich versicherte Violka, es nur dabei zu belassen, selbstverständlich sollte es nicht zum Sex kommen. Das schien sie zu beruhigen, aber trotzdem musste ich ihre Hand an mein bestes Stück führen, damit sie anfing, das auszupacken. Violka war pflichtbewusst und packte ihn aus und begann auch direkt mit vernünftigen Streicheleinheiten, alles bei Laune zu halten. Ich bearbeitete

11

noch ein klein wenig ihre festen Brüste unterm Pulli und dann wollte ich aber mehr von ihr und drückte zärtlich ihren Kopf in meinen Schoß. Sie ließ sich nicht lange bitten und lutschte mit Hingabe an meiner Stange und verstand es einigermaßen gut, mich aus der Fassung zu bringen. Und genau jetzt fällt mir noch ein etwa gleiches Erlebnis ein. Ich erinnere mich beim besten Willen nicht mehr an ihren Namen, aber Blasen konnte sie wie der Teufel und der Abend im Auto wird mir noch lang in Erinnerung bleiben.

Die Indianerin

Ich nenne sie die Indinanerin, weil ich mich nur noch an ihre indianische Halskette erinnere, die blonden Haare und die wundervollen Brüste. Den Busen der Indianerin habe ich lange geknetet. Ich saß auf ihrem Schoß, stützte mich mit den Knien auf der Sitzbank etwas ab und schob mein Glied zwischen ihre Brüste. Alles im Sitzen und sie nahm ihn schnell in ihrem Mund auf. Schwer atmend arbeitete sie mit Hochgenuss und ich konnte nicht genug bekommen.

Im Nachhinein denke ich auch bei der Indianerin, dass ich gerne noch mal richtig mit ihr ins Bett gewollte hätte, denn sie war leidenschaftlich und hatte tolle Brüste und ihre Haut fühlte sich erregend an.

Inzwischen waren es in nicht einmal 2 Wochen bereits 4 Dates mit aufregenden sexuallen Erlebnissen und mir gefiel das Angeln im Fischteich dieser Onlineportale immer besser. Ich fand es unfassbar, wie viele hübsche Frauen dort unterwegs waren, die auch mit einer schnellen Nummer oder auch ein paar mehr Nummern einverstanden waren und es auch wollten. Niemals geschah etwas unfreiwillig und

12

trotzdem musste ich viele Herzen brechen, denn ich war noch nicht satt.

Die Zahnlose

Wer kennt sie nicht. Die Mädels, die aus unerfindlichen Gründen Geschmack an bunten künstlichen Nägeln, unnatürlicher Sonnenbankbräune und neonfarbenen Klamotten finden. Aus purer Neugier auf so einen Typ Frau habe ich mir dann auch mal so eine ausgeguckt. Das war eine witzige Geschichte. Sie begann am Samstagmorgen. Ich hatte einfach Langeweile nach dem Frühstück und meldete mich sofort bei Badoo.de an. Foto rein, irgendein witziger Text wie „Hattest du schon dein Frühstück? Ich bringe dir die Brötchen eben rum!" und schon sollte es nicht lange dauern. Anja meldete sich. Anja ist das lebende Klischee. Braungebrannte Haut auf ihren Fotos und natürlich darf auch eine fast schon Makroafnahme ihrer aufgehübschten Nägel nicht fehlen. Auf Anjas Bildern war schon auszumachen, dass sie eine gute Figur hat und alles genau passend ist. Die Unterhaltung durfte nicht zu intellektuell werden, das war nicht so ihr Ding. Aber es ging locker und entspannt und morgens gestartet, waren wir zum Abend schon verabredet.

Sie hatte sturmfreie Bude ab 18 Uhr und wohnte weiter draußen in Lüneburg. Ich war also eingeladen. Besser geht es doch nicht. Doch dann kam am Nachmittag eine Nachricht von Anja. Sie wollte aus Scham unser Date absagen, denn das Sonnenbank gebräunte Mädel mit dem Fokus auf ein total gestyltes Äußeres hat sich beim Essen einen Vorderzahn abgebrochen. Am Samstagnachmittag ist da natürlich schwer ein Zahnarzttermin zu kriegen. Jetzt muss ich mich mal wieder selbst loben. Es ist mir trotz ihres Malheurs gelungen, dass das Treffen doch stattfand. Haha.

Als ich bei ihr eintraf, waren die zwei Söhne 18 und 19 noch im Haus. Aber die Beiden wollten zu einer Party und haben noch abgewartet, um zu sehen, wer die Mama besucht. Meine seriöse Erscheinung hat die Jungs schnell beruhigt und sie sind losgezogen. Ich habe also mit Anja einen netten Smalltalk begonnen und Schwanks aus der Betreuung eines Sonnenstudios in Lüneburg erfahren. Ich muss sagen, die abgebrochene Zahnspitze bleibt zwar immer in meiner Erinnerung, wirkte sich aber nicht auf ihre Attraktivität aus. Mit 40 Jahren hatte sie einen makellosen festen Körper und wohlgeformte Rundungen. Sie hat sich für den Abend stilgerecht hübsch gemacht. Obwohl sie in der Wohung war, trug sie einen mittelkurzen engen Rock und eng anliegende lange Stiefel zur Strumpfhose. Was soll ich sagen, das hat mich aufgeregt und es dauerte nicht lange, bis meine Hände Anja erkunden mussten.

Da ich 40 Kilometer von zu Hause entfernt war, es mittlerweile angefangen hatte zu schneien, nahm ich die gewagte Offerte der kleinen Sonnenbankmaus an, bei ihr zu übernachten. Die Knutscherei auf dem Sofa dauerte lang und mit einem gefühlt über 5 Stunden andauerenden Ständer konnte ich es kaum erwarten, ins Bett zu kommen. Das erste mal in meinem Leben thronte ich auf einem Boxspringbett und ließ zu Beginn der Nacht Anja ganz freiwillig an meinem besten Stück lutschen. Der abgebrochene Zahn war kein Thema mehr und sie liebte, was sie tat.

Lang hielt ich es nicht mehr aus und wand mich geschickt unter ihr heraus. Ich packte ihren schönen Hintern, zog den Slip langsam runter und sie breitete vor mir kniend willig ihre Beine etwas aus. Ganz soft und genüsslich schob ich ihn

14

rein und versuchte, so lang wie möglich und so langsam wie möglich Anja von hinten zu verwöhnen. Es gefiel ihr sehr gut, denn sie wurde zusehends lauter und ich auch immer erregter. Nach einiger Zeit war ich so erregt, dass ich meinen Stößen mehr Nachdruck verleihen wollte und packte ihren Haarschopf und zog sie mit jedem Stoß dicht an mich ran und sie spürte mich sehr tief. Fast zeitgleich sind wir gekommen und ihr Gestöhne machte mich ganz wild. Ich brauchte nur eine halbe Stunde Erholung und habe das gleiche Programm direkt noch mal mit ihr durchgezogen, weil wir schlicht und ergreifend einfach scharf aufeinander waren.

Die Katzenmutti

Von Anja habe ich mich früh am Morgen ohne gemeinsames Frühstück verabschiedet und sie wusste, dass wir uns nicht mehr wiedersehen.

Ich hatte bereits Kontakt zu Nadine, die mit ihrem 10jährigen Sohn und ihren drei Katzen und einem Hund im ehemaligen Osten bei Lübeck wohnte. Manchmal kam es mir unheimlich vor, wie schnell und einfach ich auch nur erste Dates hatte und sogar in die vier Wände der Frauen eingeladen wurde. Ich behaupte mal, das liegt einfach an meiner offenen und ehrlichen Art. Und offen und ehrlich zu sein hat ja nichts damit zu tun, wie lang man mit jemandem zusammen sein möchte.

Nadine und ich waren also schnell verabredet und an meinem Besuchstag war ihr Sohn bei den Grosseltern. Bereitwillig ließ sie mich eintreten und wir tranken zusammen einen Kaffee. Ohne lange Umschweife gab Nadine

15

mir zu verstehen, dass sie scharf auf mich ist und schnell kamen wir schon zur Sache. Sie machte mich sehr neugierig, denn sie hatte eine üppige Figur und vor allem einen wahnsinnig großen Busen. Als ich den auspackte, wunderte ich mich kurz über die Narben rund um die Warzenhöfe. Sie erklärte mir schnell, dass sie erst kürzlich eine Brustverkleinerung hatte, aber schon alles verheilt und gut war. Unfassbar , wie groß die vor der Operation gewesen sein müssen. Trotz der Größe waren die beiden Freunde schön fest und wir hatten unseren Spaß. Nadine genoss unser Liebesspiel, das zuerst auf dem Sofa im Liegen, im Flur im Stehen und dann in ihrem Bett in allen möglichen Stellungen fortgeführt wurde. Nadine war eine herrliche üppige Frau mit allem, was das Herz begehrt und es fiel mir leicht, sie ausgiebig zu befriedigen. Sie genoss es, von mir in allen Stellungen verwöhnt zu werden und quiekte vergnügt, als ich sie leckte. Das Vergnügen währte noch bis zum nächsten Morgen, wo ich dann noch einmal mit meiner allmorgendlichen Erregung Nadine ordentlich durchschüttelte. Ich hätte Nadine noch gerne auch weiter als Gespielin gehabt, aber sie war räumlich gebunden und ich wollte auch nicht in das strukturschwache Gebiet ziehen, zumal es da kaum Jobs gibt. Es sollte aber nicht meine letzte Reise in diese Region werden.

Die Arbeiterin

Insa lernte ich ausnahmsweise bei Facebook kennen und siehe da, auch das kann für ein Date funktionieren. Sie arbeitete in einer Fertigung, deshalb nenne ich sie die Arbeiterin. Schnell waren wir verabredet und sie zeigte mir ihr Dorf bei einem Spaziergang. Anschließend kehrten wir bei ihr zuhause ein und machten uns über den Kuchen her,

16

den wir beim Dorfbäcker gekauft haben. Insa lebte recht bescheiden, aber total happy in ihrem Dorf und ich mochte sie gleich leiden. Offenbar war ich Insa ein wenig zu schüchtern, mit meiner eigentlich erst einmal immer abwartenden Zurückhaltung. Als ich auf Toilette ging, wartete sie auf mich in der schmalen Durchgangsküche und nutze die Gelegenheit, mich zu küssen. Ich ließ mich natürlich nicht lang bitten und wir tauschten intensive Küsse in ihrer Küche aus. Langsam, aber bestimmt zog sie mich durch den Flur und wir landeten küssend in ihrem Himmelbett, das sie sich ganz schön dekoriert hat. Insa hatte eine aufregende Figur und ich nenne sie heimlich immer Himmelfahrtstitten, denn ihre Brüste ragten mit den Brustwarzen schräg nach oben. Das sah erregend aus und fühlte sich auch so an. Insa ritt mich mit Leidenschaft und in dieser Stellung gelingt es mir immer, sehr ausdauernd zu sein und trotzdem kann ich alles anfassen. Wir verbrachten eine wundervollen Nachmittag voller Leidenschaft und gegenseitiger Gefälligkeiten. Es fühlte sich sehr angenehm und vertraut an und war so ganz das Gegenteil einer einmaligen Geschichte. Doch es war auch nur einmalig, denn dann zog es mich nach Ganderkesee.

Die Italienerin

Lange schwarze Haare, eine schlanke Figur und ellenlange Beine. Aufregend funkelnde grüne Augen und volle Lippen. Wenn ich es nicht besser gewusst hätte, würde ich sagen, dass Anja eine Italienerin war. Anja habe ich auch wieder über Finya.de kennengelernt. Sie war von Anfang an nicht abgeneigt, eine erst einmal Fernbeziehung einzugehen und war bereit, alles zu tun. Um so verletzter war sie, als ich ihr mitteilte, dass wir nicht auf Dauer zusammen kommen. Aber mit Anja hatte ich das bisher längste Verhältnis und habe es mich ordentlich was kosten lassen. Und es hat sich gelohnt, ich denke noch heute an sie und ja, vermisse sie.

Wir waren nach einiger Schreiberei tatsächlich direkt in einem Hotel auf Fehmarn verabredet. Sie kam mit dem Auto aus Ganderkesee zum Hotel und ich aus Hamburg. Verrückte Geschichte, aber wir fühlten uns seelenverwandt und miteinander verbunden. Und das nur durch unseren schriftlichen Austausch.

Wir kamen fast gleichzeitig auf dem Hotelparkplatz an und umarmten uns lang und intensiv zur Begrüßung und tauschten direkt Küsse aus. Bisher hatten wir nur geschrieben, sahen uns jetzt das erste Mal im Leben und lagen uns sofort in den Armen. Es war unbeschreiblich und wir Beide erlebten diese Verabredung wie in Trance.

Nach dem Check in im Hotel gingen wir aufs Zimmer. Es war ein tolles Hotel mit Themenzimmern. Unser Zimmer hieß orientalischer Traum und war entsprechend dekoriert. Das Highlight bildete jedoch der Whirlpool im großzügigen Bad und das 200 x 200 cm Wasserbett in der Mitte des Raums. Den sonnigen Nachmittag verbrachten wir im Strandkorb auf der Terrasse des Hotels, wo wir uns immer wieder küssten und uns unterhielten.

Am frühen Abend hatten Anja und ich großen Hunger und suchten uns einen Italiener aus. Nach dem Essen nahmen wir uns noch eine Flasche Sekt von der Rezeption mit aufs Zimmer, um standesgemäß den Whirlpool einzuweihen. Im Pool nahm ich sie kurzer Hand von Hinten und im Anschluß wuschen wir uns noch gegenseitig. Was soll ich sagen, im

18

Wasserbett ließ Anja nicht lange darauf warten, mit ihr zu schlafen. Ich habe nicht mitgezählt, aber es war gefühlt die ganze Nacht. Selten haben wir uns so verausgabt und wir schliefen lange bis in den Vormittag. Frühstück gab es zum Glück bis 11 Uhr, das wir dann auch gemeinsam genossen haben. Es war ein wunderschönes Wochenende mit einer leidenschaftlichen Frau und wir waren schon eine Woche später wieder verabredet. Diesmal bei ihr Zuhause. Sie lebte in einer witzigen großen Wohnung und hatte sich ein Leben mit Hund und Job aufgebaut, in dem nur noch ein Mann fehlte.

Leider trennten uns 120 Kilometer. Im Nachhinein muss ich sagen, dass ich was verpasst habe, denn mit Anja passte es einfach. Und ich schreibe da nicht nur vom Sex. Es war stimmig. Eine runde Sache. Also enttäuschte ich auch Anja, in dem ich das gerade aufgeblühte Verhältnis prompt beendete. Auch Anja war natürlich enttäuscht und ich fühlte mich schlecht. Aber nicht so schlecht, dass ich nicht schon wieder neugierig auf Neuankömmlinge im Tinderleben war und prompt sah ich mich wieder um.

Die Prüde

Nadine war schwerer zu überzeugen, sich schnell zu treffen. Das merkte ich sofort. Aber ich habe eine besondere Taktik, was die Treffen angeht. Ich habe nämlich keine Taktik. Ich frage niemals nach einem Date oder bedränge meine Schreibpartnerin. Das macht sie ganz von alleine. Schreibt euch das auf, wenn ihr Erfolg mit Frauen haben wollt! Ich zeige einfach intensiv mein Interesse und dränge niemals auf die Herausgabe einer Telefonnumer oder sogar einen Termin. Das kommt dann von ganz alleine und zwar ziemlich schnell.

Auch Nadine war vorsichtig. Sogar vorsichtiger als alle anderen Mädels. Das ist ja auch vernünftig, denn sie wollte erst einmal sicher gehen, ob ich nicht nur die schnelle Nummer suche, sondern ernste Absichten habe. Und das Gefühl habe ich Nadine vermittelt. Denn beim ersten unserer Dates hielt ich zwar ihre Hand, um ihr zu zeigen, dass ich sie mag, aber mehr habe ich nicht gemacht. Und das war der Schlüssel.

Schon beim zweiten Date war sie bereit, mich in meiner Wohnung zu besuchen. Ich habe mich ganz normal gegeben und wir haben gemeinsam gekocht und gegessen. Nach dem Essen wurde der Abend auf das Sofa verlagert und Nadine war nicht abgeneigt, Zärtlichkeiten zu verteilen und zu empfangen.

Die Knutscherei wurde immer erregender und ich war schon sehr neugierig auf Nadine ohne Verpackung. Nadine war nicht ganz so schlank, aber auch nicht fett. Und wieder lockte ein großer Busen. Ich fragte sie leise, ob sie mit mir nach nebenan ins Schlafzimmer möchte. Auch Nadine fand es nicht so gemütlich auf dem Sofa. Ich erinnere mich noch, dass mich die drallen Formen von Nadine so scharf machten, dass ich sie direkt nach dem Ausziehen umdrehte und stehend vorm Bett von Hinten nahm. Nadine mochte es fester und ich liebte es in diesem Moment stehend von hinten. Ich durfte ihre Brüste gar nicht zu oft oder zu lange berühren, denn dann wäre ich direkt gekommen.

Nachdem ich es Nadine ordentlich besorgt hatte, zog sie sich mit noch vom Sex hochrotem Kopf an und fuhr nach Hause. Parallel zu Nadine hatte ich ja noch Dani am Start. Dani und

20

ich hatten zu diesem Zeitpunkt aber nur einen schriftlichen Austausch und da ich Nadine auch am nächsten Tag unserer Verabredung noch einmal kräftig rannehmen wollte, musste Dani noch auf ihr Glück warten.

Die Esotherikerin

Nadine musste leider erfahren, dass es trotz unserer 2 Dates mit ausgiebigem Sex nicht für eine längere Liason reichte und war erwartungsgemäß richtig sauer und enttäuscht. Ich kann sie natürlich verstehen, aber Dani wartete doch schon auf mich.

Esotherikerin ist etwas übertrieben oder am Thema vorbei, aber Dani hatte einen Hang zum achtsamen Leben, sich Auszeiten zu nehmen und einfach entspannt zu bleiben. Da wollte ich ihr natürlich behilflich sein und war recht schnell dran, sie zu entspannen. Noch beim gemeinsamen Kochen der Pasta überkam es mich, sie von hinten zu überraschen. Ich vermute, sie hat noch nie so schnell und beim Kochen die Hose verloren und bekam dann achtsames. Was ihr wohl besser gefiel, die Pasta oder eine achtsame Behandlung? Ich tippe auf meine körperliche Zuwendung, denn die Esotherikerin könnte man auch unersättlich nennen. Gleich nach dem Essen hatte Dani Lust auf eine ausgiebige Wiederholung und genoss das Leben in Missionarsstellung auf meinem Boxspringbett.

Hinterher gestand sie mir, dass es ihr sehr gefallen hat, denn es kommt eigentlich nie vor, dass sie anfängt zu quieken. Das war ein Kompliment und ich habe mich gefreut, dass ich nicht allein meinen Spaß hatte.

Mit Dani habe ich mich tatsächlich ein halbes Jahr später noch einmal eingelassen und ob man es glaubt oder nicht, ich mochte sie nicht einmal küssen. In dem halben Jahr ist viel passiert und offenbar kann man sich da auch auseinanderleben oder das Interesse verlieren. Aber sie ist trotzdem ein netter Mensch gewesen und wird ihr Glück finden.

Ich habe einen guten Tipp, die Aufmerksamkeit einer Frau auf Tinder zu erlangen, die es über eine lange Zeit schafft, irgendwelchen Avancen aus dem Weg zu gehen. Ein Profil auf Tinder und Co ist ja schnell eingerichtet. Und so kann man verschiedene Bausteine im Profil nutzen, die Aufmerksamkeit der vermeintlich ignoranten Frau zu erhalten. Das erfordert etwas Mut, weil es alle anderen Damen sofort abhält, auch nur einen einzigen Kontaktversuch zu unternehmen, aber glaubt mir, ein derart ausstaffiertes Profil, wie ich es jetzt vorstelle, ist auch bei Tinder genau so schnell wieder vergessen.

Wenn man den Namen der angebeteten kennt, kann man zum Beispiel seinen Nicknamen so gestalten, dass sie aufmerksam wird. Heißt die Frau deiner Träume also zum Beispiel Claudia, wähle deinen Nick einfach als *NurClaudiawillich* ! Der Erfolg stellt sich unmittelbar ein. Varianten und andere Tipps gefällig? Kein Problem: schreibt man als Statement einfach so etwas was wie: „Claudia, ich bin nur wegen dir hier angemeldet, bitte melde dich endlich" oder ähnliches, dann ist das fast eine Garantie dafür, dass die Dame sich rührt. Natürlich nimmt dann jede andere Kennenlernwillige Abstand von dir auf Tinder. Aber egal, das ist auch schnell wieder vergessen. Schon ein gefühlt halbes Jahr habe ich immer wieder das Herz bei Susi auf

Tinder geklickt, aber sie nahm keine Notiz von mir. Irgendwann passte ich mein Profil an, meldete mich als Susischreibmir an und nahm ins Statement, dass ich nur für Susi angemeldet bin. Nachdem ich damit den Superlike bei ihr klickte, hatte ich endlich ihre Aufmerksamkeit.

Susi war beeindruckt und ich glaubte zu träumen. Sie wollte sich direkt am kommenden Wochenende mit mir treffen und hatte einen Plan.

Die Erzieherin

Susi traf sich mit mir an einem Freitag gegen Abend. Wir wollten eine Kleinigkeit essen und gingen davor für ein Stündchen in meinem Viertel spazieren. Ihr Plan überraschte mich. Sie war komplett vorbereitet, auch das ganze Wochenende bei mir zu bleiben und fühlte sich in meiner Nähe ganz entspannt und sah unser Date als Erholung für ihren harten Job als Erzieherin in einer Wohneinrichtung. Einmal wieder ausbrechen aus dem Alltag und es sich gut gehen lassen. Das war ihr Vorsatz und ich wollte dem nicht im Weg stehen.

Nachdem wir uns im Atlantico in der Veringstraße wunderbare Tapas gegönnt haben, zogen wir gemächlich und Arm in Arm die Veringstraße entlang bis in meine Wohnung in der Fährstraße. Wie immer in Wilhelmsburg war es wie ein Gefühl von Urlaub in diesem Schmelztiegel der Sprachen und Kulturen. Die Straßen waren wie immer sehr belebt und trotzdem fühlten wir uns ganz aufeinander konzentriert in wissender Erwartung, was der Abend noch bringt.

Zuhause angekommen machten wir uns einen schönen Rotwein auf und hörten noch gemeinsam Elektro. Dabei küssten wir uns zärtlich und ich streichelte Susi überall. Bei Tinder habe ich auf ihren Profilbildern immer einen grossen Busen vermutet. Auf einem Profilbild trug sie ein Dirndl und das sah sehr üppig aus. Beim Auspacken wurde ich auf den Boden der Tatsachen zurück geholt. Trotzdem war alles an Susi sehr erregend und wir hatten eine leidenschaftliche erste Nacht.

Am nächsten Morgen frühstückten wir gemeinsam und sie verschwand danach unter die Dusche. In dieser Wohnung hatte ich eine barrierefreie große Dusche und der Gedanke, dass da jetzt eine Frau duschte, machte mich schon wieder an. Ich schlich zum Bad, zog mich vorher nackt aus und ging einfach rein. Unter der Dusche fingen wir an uns zu küssen und ich drehte Susi erregt um, damit ich sie überall noch besser anfassen konnte. Warm vom Wasser und schön feucht und erregend liebte ich sie von hinten zärtlich, bis es immer ekstatischer wurde und sie auf einmal richtig laut schrie: „ich komme!! Das machte mich noch mehr an und ich genoss es, Susi schön fest unter der Dusche zu nehmen. So können Tage gerne auch mal beginnen. Danke Tinder.

Den Samstag verbrachten wir ganz gechillt auf dem Balkon mit Musik und Gesprächen, ab und zu gingen wir kurz rein und liebten uns in der Küche oder auf dem Boden. Es war ein Wochenende, an dem ich manchmal schon dachte, ich bin sexsüchtig. Aber gibt es das überhaupt?

Am Sonntag kam mittags der Abschied von Susi. Sie musste zurück in ihre Betreuungseinrichtung, da ihre Vertretung abgelöst werden musste und ich wusste, wir sehen uns nicht

24

wieder. Es war schön mit dir Susi! Ich hatte aber schon Kontakt mit Kerstin. Wie ich Kerstin das ganze Wochenende hinhalten konnte, ohne ständig per Whatsapp oder Telefon erreichbar zu sein? Ich hatte Kerstin schon am Donnerstag der letzten Woche näher kennengelernt und angeschrieben und ihr da schon mitgeteilt, dass ich das ganze Wochenende zu einem Workshop muss. Auf so einem Workshop hat man natürlich kaum Zeit, sich groß mit seiner neuen Bekanntschaft auszutauschen und so übte sich Kerstin in Geduld und wartete auf meine Rückkehr vom Workshop. Gleich am Sonntagabend meldete ich mich bei Kerstin zurück. Susi ist ja schon Mittags abgereist.

Die Köchin

Kerstin habe ich bei Badoo.de kennengelernt und direkt am Montag haben wir uns schon bei ihr Zuhause getroffen. Ich konnte manchmal einfach nicht glauben, was mir wiederfahren ist und manchmal fällt es mir auch schwer, alles in Erinnerung zu rufen. Kerstin hat mich eingeladen, bei ihr zu Abend zu essen. Das also zu unserem ersten Date.

Beruflich war sie Köchin und das stellte sie gleich unter Beweis. Ihre Wohnung war eine ganz normale Zweizimmerwohnung in Schnelsen. Als ich Kerstins Stimme das erste Mal hörte, war ich enttäuscht, sie war ganz tief und das gefiel mir nicht. Aber Kerstin war eine sehr erotische Frau mit schöner schlanker Figur und langen glatten Haaren. Ich konnte nicht auf die Einladung verzichten.

Sie hatte gerade einen kleinen Hund neu und der war total süß. Während sie noch das Essen in der Küche zubereitete, spielte ich so lang mit dem Hund im Wohnzimmer. Dann kam Kerstin auch dazu. Das Essen musste noch auf kleiner Flamme etwas schmoren. Plötzlich hatte ich schon ihre Hände auf meinen Beinen und sie begann mich im Schritt zu streicheln. Lange ließen auch die Küsse nicht auf sich warten und wer kann da schon nein sagen. Manchmal wusste ich wirklich nicht, wie mir geschah. Ruckzuck waren wir beide nackt und sie ritt genüsslich auf mir. Ich saß halb aufrecht auf ihrem Sofa. Die Gardinen waren nicht zugezogen und im Haus gegenüber konnte man genau sehen, was wir da gerade veranstalteten. Der Ritt von Kerstin dauerte länger. Es wurde immer lauter.

Ihre Stimme war beim Sex deutlich angenehmer, als beim Sprechen. Kerstin hatte als dreifache Mutter eine unglaublich gute Figur und sehr lange schlanke Beine. Ich habe den Ritt genau so genossen, wie sie. Leider dauerte die Numer auf dem Sofa zu lang und die ganze Soße war verkocht. Es gab dann also im Anschluss recht trockene Schweinefiletmedaillons mit Kartoffeln, die ich bei der Art und Weise bekocht zu werden total genossen habe.

Kerstin war heiß. Die wollte ich gerne noch weiter behalten. Unser nächstes Treffen sollte also nicht lange auf sich warten lassen, zumal ich schon mit dem Karpfen in Verbindung war.

Der Karpfen

Das ist gemein, aber es war auch einfach witzig. Ulrike habe ich im Vorbeigehen bei Fischkopf.de kennengelernt. Sie hatte kein Auto und da sie total auf dem Dorf wohnte, irgendwo hinter Quickborn, kam der Vorschlag für ein Date in dieser Form von ihr.

26

Wir haben uns bei ihr Zuhause getroffen. Als liebevolle Gastgeberin hat Ulrike eine Kleinigkeit für uns gekocht und bei einem ungezwungenen Gespräch in ihrem liebevoll eingerichteten Haus fühlten wir uns schnell miteinander wohl. Nach dem Essen kam dann die Frage auf, ob ich noch mehr Alkohol trinke und somit nicht mehr mit dem Auto nach Hause fahre. Ich merkte schnell, dass auch Ulrike dazu Lust hatte und so tranken wir doch ein paar Gläser Wein mehr und genossen einen unterhaltsamen Abend.

Ulrike war erst seit einem Jahr von ihrem Mann getrennt und er hat sie verlassen, so dass sie ganz allein in dem großen Haus lebte. Ulrike war eine hübsche Blondine mit ganz niedlichen Grübchen in den Wangen, die besonders beim Lächeln hervortraten. Sie war eine richtige Lady und man musste sich wundern, dass da die Männer nicht Schlange standen. Aber wer weiß, was sie mir verheimlichte.

Zum späteren Abend wurde es natürlich zärtlicher zwischen uns und ich kann mich nur wiederholen, ich wunderte mich immer wieder, wie einfach es immer wieder so intim wurde. Ich denke mal, weil ich es nie exakt darauf anlegte, sondern es einfach immer laufen ließ und einfach nur aufmerksam war und interessantes zu erzählen hatte.

Was mir bei Ulrike nicht ganz gefiel, war die Tatsache, in ihrem ehemaligen Ehebett zu liegen. Aber Ulrike wollte es und stand offenbar darauf, mich zu reiten. Ihr schöner Busen wogte leicht, während sie mit kreisenden langsamen Hüftbewegungen auf mir ritt. Und jetzt zum Karpfen. Während sie schon völlig abwesend einfach nur genoss, hatte sie die ganze Zeit ihren Mund geöffnet wie ein Karpfen und atmete schwer. Ich musste plötzlich so lachen, dass ich mich

27

entschied, die Position zu wechseln. Das gefiel ihr nicht ganz so gut, sie nannte es Egoistensex, aber ich besorgte es ihr kräftig von hinten und liebte ihren wohlgeformten Po. Deutlich waren die harten Brustwarzen zu spüren und sie zitterte am ganzen Körper, obwohl sie erst total gegen diese Stellung war. Habe ich sie also zu ihrem Glück überredet und mich brav für das Essen bedankt.

Am nächsten Morgen habe ich nach einem kleinen Frühstück Ulrike verlassen und ihr mitgeteilt, dass ich mich später bei ihr melde. Als ich sie später anrief, teilte ich ihr mit, dass ich mir eine nähere Beziehung nicht vorstellen kann und ich war dankbar, dass sie es auch so sah. Sie bedankte sich aber brav für den angenehmen Abend und ich versicherte ihr, dass ich mit ihr ebenso eine wundervolle Nacht hatte und mich trotz allem sehr wohl fühlte. Ulrke wird mir allerdings immer als Karpfen in Erinnerung bleiben. Das ist vielleicht gemein, aber auch witzig.

Seit einigen Tagen hatte ich schon Kontakt mit Sybille auf Fischkopf.de. Das Foto im Profil von Sybille ließ eigentlich nur erahnen, wie Sybille aussieht, weil es von weiterer Entfernung aufgenommen wurde. Aber ich hatte die Shilouette einer kleinen weiblichen Blondine. Reicht erstmal für den Kick eines Dates.

Die Lehrerin

Ja, Sybille war wirklich Lehrerin. Aber eben auch ganz verzweifelt auf der Suche nach einem anständigen Kerl und sie hatte ganz klare Vorstellungen. Zum ersten Date trafen wir uns in der Hafencity und verlebten einen gemütlichen Abend. Im Wissen, eine intellektuelle Akademikerin vor mir

28

zu haben, übte ich mich in vornehmer Zurückhaltung und so blieb es beim Zug um die Häuser ausschließlich bei der verbalen Kommunikation. Körperlich tauschten wir uns noch nicht aus. Der erste Abend wurde sehr lang, wir wollten einfach nicht auseinander gehen. Irgendwann ist aber auch so ein Abend mal zu Ende und wir trennten uns. Die bei diesem ersten Date gemeinsam verbrachten 4 oder 5 Stunden haben sehr viel Vertrauen aufgebaut, so dass Sybille überhaupt keine Probleme damit hatte, mich beim zweiten Date Zuhause zu besuchen.

Das Reizvolle an Sybille war für mich ihre Größe. Sie muss in etwa um die 150 cm klein gewesen sein. Eigentlich war sie eher leger gekleidet, aber für das zweite Date hat sie sich für ihre Verhältnisse leicht erotisch gekleidet und trug ein T-Shirtkleid zur Jeanshose. Mich machte viel mehr an, was sie unter dem Shirt hatte. Ein Top aus blauem Seidenstoff mit dünnen Trägern. Wie ich das sehen konnte?

Nach dem Essen wurde ihr warm und sie zog ihr T-Shirtkleid aus. Offenbar ganz normal für Sybille, im Top bei einem erst kürzlich kennengelernten Mann zu sitzen. Solche Signale lasse ich natürlich nicht unbeachtet und rückte der Akademikerin dezent aber fordernd auf die Pelle. Die kleine Süße ließ sich nicht lange bitten und hatte schon nach dem ersten Kuss schwer atmend meinen Schwanz in der Hand. Es ist sehr erotisch, wenn so eine kleine zarte Person mit ihren kleinen Händen so ein im Verhältnis großes Stück in der Hand hält.

Zärtlich aber fordernd bringt sie mein Ding in immer härtere Konstitution und ehe ich mich versehe, zieht sie ihre Hosen runter und setzt sich rittlings auf mich. Ich habe so die

29

Möglichkeit, sie überall anzufassen und ertaste mit meinen Händen ihren vor Erregung bebenden Körper. Ich muss etwas vorsichtiger in sie eindringen, weil alles etwas kleiner gebaut bist. Vergnügt stöhnt sie und genießt den Ritt. Ich kann nicht mehr an mich halten und komme noch auf dem Sofa in ihr. Schwitzend und atmend bleiben wir noch umarmt auf dem Sofa sitzen.

Das also schon beim zweiten Date mit Frau Lehrerin. Okay. Kurze Zeit später ging es dann schon ins Bett, wie es sich eben für brave Bürger gehört. Ich hatte richtig Lust, es so einer kleinen Frau einmal von hinten zu besorgen und Sybille ließ sich nicht lange bitten und nahm es mit Genuß!

Der Wisch zum nächsten Match bei Tinder brachte mich mit Lotta in Kontakt.

Die Sexbombe

Lotta hatte bei Tinder Profilbider, da hat es mich umgehauen. Hotpants, Stiefel, Blond, große Brüste, tiefer Ausschnitt und tolle große blaue Augen, umrahmt von einer blonden Frisur.Und Lotta war zu diesem Zeitpunkt 55 Jahre alt.

Ich habe mich mit ihr schon nach kurzer Schreiberei im Eichtalpark in Wandsbek getroffen und wir sind ein wenig spazieren gegangen. Wir haben uns wirklich nett unterhalten. Sie war warmherzig und offen, trotzdem etwas unsicher, ob sie mir auch gefällt und ich sie nicht für zu alt halte.

Das war aber gar nicht der Fall, denn sie hatte eine gewinnende Art und war ganz unkompliziert. Unser Spaziergang verlief also wirklich harmonisch und ich glaube,

30

wir haben uns beide gleich wohl miteinander gefühlt, so dass die zweite Verabredung direkt am nächsten Tag stattfand. Lotta liebt Tiere, das war dann erst einmal die gemeinsame Basis und bereits am zweiten Tag kamen wir uns näher, in dem ich ihr gleich zeigte, dass ich sie gerne habe.

Wir unternahmen eine gemeinsame Shoppingtour durch das Wandsbeker Quarree und hatten gemeinsam viel Spaß. Da Lotta wirklich ungezwungen war, sind wir im Anschluss direkt zu ihr nach Hause und dort kamen wir uns auch körperlich näher.

Zurückhaltend erwiderte sie meine Küsse und doch spürte ich, dass sie mehr wollte. Lottas Busen machte mich ausserdem sehr neugierg. Er war groß und fest, gepaart mit ihrer schlanken Figur sah sie aus, wie ein Erotikmodel. Trotzdem aber so ganz und gar nicht billig, sondern sehr edel. Mit 55 Jahren eine derart tolle Figur zu haben erstaunte mich. Ich untersuchte das näher und stellte fest, dass ihr Busen mit Silikon getunt war. Okay, hatte ich auch noch nie. Im Nachhinein muss ich sagen, es fühlte sich eigentlich nicht gut an. Ich hatte immer den Eindruck einer Prothese. Aber das ist natürlich immer Geschmackssache.

Lotta war jedenfalls sehr leidenschaftlich und wir machten uns eine schöne Nacht in ihrem Wasserbett. Sie war eine Frau, die trotz aller Zurückhaltung auch auf ihre Rechte bestand. Bevor ich also so richtig aktiv in ihr werden wollte, liebkoste ich sie mit meiner Zunge und wanderte langsam, sehr langsam erst einmal immer nur zart um ihren Bauchnabel und nach und nach leicht bis an ihr Heiligtum. Sie atmete immer schwerer und signalisierte mir mit jedem Ausatmen, dass ich weiter machen soll und dichter kommen

31

soll..Ich habe sie noch zärtlich etwas hingehalten, bis sie es kaum nochaushielt und meinen Kopf schon in ihren Schoß drücken wollte. Da begann ich dann, meine Zunge richtig einzusetzen, bis sie vor Freude juchzte. Ich stieg langsam über sie und nahm sie langanhaltend und genüsslich in Missionarstellung. Wir genossen es so lange, bis sie zuckend unter mir zum Orgasmus kam. Fast zeitgleich kam auch ich, weil es mich total anmachte.

Wir redeten danach noch einige Minuten in der Nacht, bis wir gemeinsam einschliefen und Lotta mir am nächsten Morgen eine wunderbare Überraschung bereitete.

Sie war früher aufgestanden und hat mir ein Bad eingelassen. Ich wurde zärtlich geweckt und ließ mich nicht lang bitten, in die Wanne zu steigen. Ich rechnete nicht damit, dass sie mit rein wollte, aber sie saß kurze Zeit später schon mir gegenüber und liebkoste meinen Schwanz mit ihren Händen, so dass ich sehr schnell erregt war. Prompt drehte sich Lotta um und lud mich ein, es ihr in der Wanne von hinten zu besorgen. Auch jetzt wieder war es total lang ausdauernd und zärtlich. Ich merkte, dass Lotta so etwas oft in ihrem Leben getan haben muss und es immer noch genoss.

Ganz leicht und trotzdem feucht klatschten unsere erregten Körper zusammen und ich knetete immer wieder ihre Silikonbrüste, bis ich es nicht mehr aushielt und in ihr kam. Sie genoss es und wollte mich auch danach noch in ihr spüren. Das war also mein Frühstück mit Lotta.

Die Küsserin

Manchmal passiert auch etwas unfassbares und krasses in den Onlineportalen. Der Mensch ist eben facettenreich und unergründlich. Wieder ein Match bei Tinder und die blonde hübsche Frau aus Wolfsburg hieß Claudia. Ich hatte an dem Tag nichts weiter vor. Claudia offenbar auch nicht und so waren wir direkt am Matchtag auch schon verabredet. Das erste Date in ihrer Wohnung. Ist ja mittlerweile nicht mehr ungewöhnlich, aber bei Claudia war es doch sehr ungewöhnlich und als sie mir ihre Ansichten schrieb, habe ich dem Ganzen erst einmal keine weitere Beachtung geschenkt.

Claudia war der festen Überzeugung, dass man bei einem ersten Date nur durch einen Kuss sofort feststellen kann, ob man sich näher kommt und ob die Chemie stimmt. Na gut, was auch immer sie damit meinte, ich machte mich auf den Weg nach Wolfsburg. Die Sonne schien und die Fahrt war ganz entspannt. Nach 1,5 Stunden kam ich in der auf den ersten Blick langweiligsten Stadt nach Bielefeld an und suchte mir gemäß Claudias Beschreibung einen Parkplatz.

Ich ging zu Haus Nummer 17 und klingelte bei ihr. Die Tür wurde geöffnet und ich betrat das Mehrfamilienhaus und ging die Treppe hoch. Im zweiten Stock stand dann das blonde kurvenreiche Kusswunder in der Tür. Claudia hatte wirklich volle Lippen und strahlte mich an. Ich umarmte sie kurz zur Begrüßung und betrat ihre Wohnung und prompt sagte sie, ich muss sie doch küssen, damit sie weiß, wie es mit mir ist. Das kam mir schon etwas ungewöhnlich vor, denn wenigstens so eine kleine Aufwärmphase wäre nicht verkehrt. Aber gut, ich küsste sie und sie erwiderte sofort den

Kuss. Schmeckte gut. Fand sie auch. Wir gingen in ihre Wohnküche und nun begann also etwas Smalltalk. Claudia erklärte noch einmal, warum sie das mit dem Küssen so elementar findet. Ich habe mir gedacht, wenn sie das so praktiziert, warum soll ich mich dann lange bitten lassen. Ich griff mir Claudia in ihrer Küche und zog sie an mich ran. Mit den Händen packte ich mir ihren drallen Po und küsste sie ausgiebig. Das beruhte dann auf Gegenseitigkeit und wir legten ordentlich los. Claudia war eine tolle Frau, schöne blonde lockige Haare, kurvenreich und leidenschaftlich. Ganz langsam wanderten wir küssend wie in einem Tanz in ihrem Wohnzimmer auf dem Bigsofa.

Ich knöpfte ihre weiße Bluse von oben nach unten auf. Mit jedem Knopf, den ich öffnete, wurde ich erregter. Ein praller Busen sprang mir, noch im schwarzen Pushup gefangen, entgegen. Als ich vorne alle Knöpfe ihrer Bluse geöffnet hatte, war erst einmal Claudia an der Reihe und zog mir das Shirt über den Kopf. Sie war scharf darauf, meinen Oberkörper zu berühren und streichelte meine Brust, Arme und den Rücken. Ihr gefiel wohl, was sie sah und fühlte, das Fitnessstudio machte sich also bezahlt.

Da Claudias Bluse nun geöffnet war, konnte ich schnell den Verschluss ihres Pushups öffnen und dann fielen wir auch schon leidenschaftlich küssend übereinander her. Vor 30 Minuten haben wir uns noch nie gesehen und jetzt war ich schon kurz davor, in sie einzudringen. Auf dem Sofa gefiel es Claudia erst einmal in Missionarstellung. Zwischendurch wendete sich das Blatt und sie drehte sich unter mir raus und fing an, meinen Schwanz anständig zu lutschen. Das machte mich ganz wild und ich stand vom Sofa auf und zog sie ebenfalls halb runter, damit ich sie stehend noch einmal von

34

hinten nehmen konnte. Wieder wie in einem Tanz ging es dann rüber in ihr Schlafzimmer. Auf dem Bett war es noch bequemer und sie verlangte es hart und von hinten. Das gelang mir ziemlich ausdauernd und Claudia quiekte vergnügt und der Liebesschweiß ran zwischen ihren braungebrannten Schulterblättern langsam zur Lendenwirbelsäule. Ich konnte kaum glauben, was hier mit uns geschah. Als wir zeitgleich glückselig fertig wurden lagen wir noch eine ganze Zeit zusammen auf ihrem Bett und uns Beiden wurde klar, dass eine Entfernung von 2 Stunden Fahrzeit nicht die Basis für eine dauerhafte Beziehung ist. Was für ein kluges Mädchen.

Das Landei

Manchmal tut es mir ein wenig leid, wenn jemand bei Tinder seine große Liebe sucht, aber ganz bestimmte Eckdaten einfach schon dafür sorgen, dass es in diesen Fällen besonders schwierig ist, jemanden zu finden.

Diese Eckdaten sind zum Beispiel ein Wohnsitz, irgendwo auf dem Land, wo bis zur nächsten größeren Ortschaft mindestens eine Stunde Fahrzeit sind. Oft zum Scheitern verurteilt.

Kinder im Alter bis 15 Jahre und womöglich mehrere Kinder. Ganz schwierig, einen Partner zu finden, der sich darauf einlässt.

Krankheiten oder Behinderungen. Das muss man auch ansprechen, denn es ist eine Tatsache. Finde erst einmal einen Menschen, der bereit ist, eine Partnerschaft einzugehen und zusätzliche Belastungen wie Krankheiten oder

35

Behinderungen in Kauf zu nehmen. Da überwiegt heutzutage der Egoismus und die Rücksichtslosigkeit.

Das gruseligste an Gründen, die eine Beziehung behindern ist der noch immer anwesende Geist des Expartners. Wenn ständig und oft vom Exmann oder der Exfrau geredet wird, wie soll man sich da neu einlassen? Und noch schlimmer ist es, wenn man fast minütlich mit dem Erscheinen des Exmanns rechnen muss, weil er sogar noch einen Schlüssel vom gemeinsamen Haus besitzt und schwer eifersüchtig ist. Das ist mir mit dem Landei dieses Dates passiert.

Simone lebt in Sittensen, dicht an der Autobahn und bewohnt mit ihren drei Kindern das Einfamlienhaus , aus dem ihr Exmann vor 6 Monaten ausgezogen ist.

Schnell waren Simone und ich verabredet, gingen eine Kleinigkeit im Dorf essen und im Anschluss zu ihr nach Hause. Die ganze Zeit redete sie eigentlich nur von ihrem Ex. Gar nicht mal so, dass sie den total vermisst, sondern eher so, dass ihr Ex sie nur erniedrigt und Böses hinter ihrem Rücken ausheckt. Das nervte ganz schön, aber stachelte mich auch irgendwie mal an, Simone zu geben, was sie offenbar dringend brauchte. Aber auch bei 50 Frauen in einem Jahr muss nicht alles gleich am ersten Tag passieren und ich verabschiedete mich von Simone und fuhr nach Hause.

Wir waren gleich am nächsten Tag verabredet. Simone hatte das ganze Haus für sich. Ihre drei Kinder waren bei ihrem Exmann. Ich hatte vorgeschlagen, dass wir bei ihr Kochen und gemeinsam essen. Alles was dafür gebraucht wurde, brachte ich mit und sie fand die Idee toll.

36

Als ich zur verabredeten Zeit bei ihrem Haus eintraf, erschreckte ich mich ein wenig. Ihre 4 Freundinnen aus dem Dorf standen mit Simone vor dem Haus und es schien, als würde ich von allen erwartet.

Nachdem ich geparkt habe und ausstieg, wurde ich allen von Simone als ihr neuer Freund vorgestellt und die Damen musterten mich eingehends. Aber sie waren auch ganz nett und bei einer, ich meine sie hieß Kerstin, bemerkte ich näheres Interesse an mir. Nach der ungewöhnlichen Vorstellungs- oder Einführungsrunde meiner Person und einem gemeinsamen Bier wurden alle Dorffreundinnen verabschiedet und Simone und ich gingen in ihr Haus. Kerstin und ich tauschten noch einmal Blicke aus.

Simone hatte schon Hunger und ich fing an, die Zutaten auszupacken und mich an die Essensvorbereitung zu machen. Das gefiel Simone. So etwas hat sie in ihren 20 Jahren Ehe noch nicht erlebt, einen kochenden Mann.

Die Pasta ist gelungen und Simone, so als Landei an sich hatte mal wieder Gelegenheit, auch kulinarisch neue Eindrücke zu gewinnen. Tag 2 und das Essen war gerade beendet musste ich gar nicht lange warten, da zog mich das Landei zu sich heran und fing an, mich überall zu berühren und knöpfte meine Hose auf. Okay Simone, dann lass uns jetzt mal Spaß haben.

Zuerst weihten wir das Sofa im Wohnzimmer ein. Simone war sehr laut. Ich persönlich stehe nicht so drauf und kann immer schwer unterscheiden, ob eine Frau so laut wird, um den Mann noch schärfer zu machen oder ob das unwillentlich passiert, aber zumindest ging sie bei ihrem Ritt auf mir ab

37

und nach einiger Zeit bemerkte ich bei ihr wachsende Begeisterung, weil es kein Ende fand.

Lang und ausgiebig nutzten wir die Zeit auf dem Sofa und nach einer kurzweiligen Ewigkeit schob ich sie zärtlich von mir runter und besorgte es Simone sanft und ausdauernd im Doggy, was sie fast schreiend noch mehr genoss. Sie kam mehrfach und nach diesem ausgiebigen Verdauungssex verspürte Simone offenbar das Bedürfnis zu duschen, denn wir wollten noch etwas trinken gehen.

Offenbar duschte Simone nicht gern allein, denn ich wurde eingeladen mitzumachen. Unter der Dusche brauchte es nicht sehr lange, dass ich wieder erregt war. Dazu musste ich nur einmal ihre drallen Brüste durchkneten und meinen harten Schwanz an ihrem Hinterteil reiben. Simone konnte gar nicht so schnell gucken, wie ihr geschah. Das hat sie in den letzten Jahren wohl nicht erlebt, nur wenige Minuten nach einer ausgiebigen Nummer noch einen Quickie hinterher geschoben zu bekommen.

In der Dusche stehend drückte ich Simone lustvoll an die Scheibe und drang kräftig von hinten in sie ein. Das warme Wasser lief und ich wurde noch mal richtig scharf und besorgte es ihr ziemlich hart. Feste zugepackt und immer wieder rein, den üppigen Bauernarsch an meinem Bauch spürend stieß ich sie zur nächsten Extase. Nach dem Quickie machte sie uns brav sauber und ich war leicht erschöpft.

Wir verlegten den Gedanken, das Haus noch mal zu verlassen und fanden uns auf dem Sofa bei einem Fernsehfilm wieder. Simone war glückselig und streichelte mich während wir zusammen kuschelten. Ich liebkoste mit

38

meinen Händen ihren prallen Busen und bekam schon wieder Lust auf sie.

Nach dem Fernsehabend und der Kuschelei auf dem Sofa gingen wir zu Bett. Ich war an diesem Abend zu faul, noch nach Hause zu fahren. Auch hier musste ich wieder in ein ehemaliges Ehebett steigen. Das gefiel mir nicht. Ich finde, ein Bett gehört entsorgt, wenn darin eine Ehe gelebt wurde, die es jetzt nicht mehr gibt, aber das ist nur meine Meinung. Als das Licht ausgeschaltet wurde, hatte ich noch ein leichtes Unbehagen, weil ich immer damit rechnen durfte, dass der Exmann ins Haus kommt. Aber wie das so ist, wenn man als Mann schwanzgesteuert ist, wird das schnell ausgeblendet, denn kaum war das Licht aus und meine Hände erkundeten den prallen Bauernhintern neben mir, wurde ich schon wieder scharf. Da Simone nackt im Bett war, ging es ganz rasant, dass mein Schwanz schon wieder in ihr steckte.

Laut und heftig fielen wir übereinander her und nach einer Stunde brachen wir mehr oder weniger erschöpft zusammen. Jetzt war Schlaf für uns Beide bitte nötig. Eine Nacht ist ja schnell vorbei, wenn du tatsächlich schlafen konntest und gefühlt nach nur Minuten war schon wieder Morgen.

Ich kam mir vor wie Mr. Viagra persönlich. Irgendwie machte mich der frauliche Body von Simone so derbe an, dass wir kaum wach geworden schon wieder übereinander herfielen. Ich weiß nicht, wer von uns die Bumserei mehr genossen hat. Es war wirklich wie mit den Karnickeln. Simone liebte es aber und mir ging es nicht anders. Nach dem Frühstück reiste ich aus Sittensen ab und machte noch auf der Rückfahrt im Kopf mit Simone bereits Schluss.

Das Landei war nichts für mich, denn ich wollte mich nicht auf 3 Kinder, einen zornigen Exmann und materielle Probleme mit dem Haus einlassen. Das klingt egoistisch, aber es macht mehr Sinn, uneklärte Fälle zu beseitigen, bevor man sich aufeinander einlässt. Simone verstand das zuerst nicht, war natürlich enttäuscht, aber nach kurzer Zeit gab sie mir doch Recht und sah das ein.

Die E-Bikerin

Heide war das typische Tindermatch. Kurz und knackig, Match, Nummern tauschen, verabreden. Wir haben uns noch am Matchtag zum Frühstück im sonnigen Wedel getroffen und sind im Anschluss gar nicht mehr zu trennen gewesen. Nett und ungezwungen tauschten wir uns aus und das gute Wetter versetzte uns gepaart mit den Hormone in eine gute Stimmung.

Nach dem Frühstück hielten wir schon beim Spaziergang Händchen und landeten kurze Zeit später knutschend auf einer Parkbank. Der Tag war noch lang und wir wollten uns zum Abend hin wieder treffen. Heide hatte nichts dagegen, mich zu besuchen und ich lud sie zum Essen bei mir ein.

Ich bereitete einen Vielfaltssalat und erwartete Heide zum gemeinsamen Essen mit viel Vorfreude. Bei Tinder haben mich sofort ihre Bilder mit dem zu vermutenden großen Busen und festen Po angesprochen. Schöne schlanke Beine und trotzdem frauliche Rundungen, Heide war ein Traum.

Der Aufhänger für unser Kennenlernen war eigentlich das gemeinsame Interesse an E-Bikes, aber schon schnell stellten wir eine andere Anziehungskraft füreinander fest und kaum

40

war der Salat gegessen, hielt ich Heides Brüste in meinen Händen und sie beugte sich auf meinen Esstisch. Ich streifte ihre Hose runter und drang in sie ein. Der Nachtisch schmeckte uns.

Die Nachbarin

Nur 10 Autominuten entfernt matchte es mit Marla. Hallo Frau Nachbarin, dachte ich. Marla war so eine typische Bilderverweigerin. Es gibt Menschen, die haben nur ein oder zwei Bilder von sich, die sie über Jahre in den sozialen Medien verwenden und die alles andere als aktuell sind. Ich hatte also viele Rätsel vor mir. Wie sieht Marla in echt aus und was hat sie zu verbergen?

Wir näherten uns vorsichtig in einem 2tägigen Austausch an und auch wieder ganz freiwillig, ohne dass ich jemals nachfragen musste, gab mir Marla ihre Telefonnummer.

So läuft das, liebe Männer! Ihr dürft nicht drängeln, lasst die Frauen entscheiden, wann sie etwas preisgeben möchten. Geduld ist eine Tindertugend.

Bei einigen meiner Tinderdates erlebte ich viel Neues, was ich noch nie gemacht habe, schon immer mal tun wollte oder auch, womit ich nie gerechnet hatte und nie gedacht hätte, es mal zu versuchen. So auch mit Marla, weshalb sie mir immer in Erinnerung bleiben wird.

Marla war eine Kuschelmaus und liebte es, auf dem Sofa zu liegen und mit ihren Händen alles zu erkunden. Ganz beiläufig wurden die Hände dann immer neugieriger und immer zudringlicher. Das gefiel mir und auch meine Hände waren bei Marla immer auf Erkundungsfahrt. Marla hatte einen sehr großen und weichen Busen, fast schon in den Ausmaßen von Nadine, der Katzenmutti. Marla hatte aber keine Verkleinerung.

Mit Marla waren die Treffen schnell und unkompliziert, denn wir wohnten ja nur wenige Minuten auseinander. Es lief immer gleich ab, wir haben zusammen gegessen und dann eine schöne Zeit zu zweit gehabt. Wenn man sich ewig binden möchte, muss man prüfen! Das hat auch Marla so gesehen. Bei Marla erinnere ich mich gerne daran, dass ich das erste Mal überhaupt bei einer Frau zwischen den Brüsten gekommen bin und das funktioniert eben auch nur gut, wenn man so einen fantastisch großen Busen wie sie hat. Der Schwanz zuckte und ich goss meine Ladung dazwischen, wo Marla sie genüsslich verrieb und mit dem Ergebnis sichtlich zufrieden war.

Marla hatte leider einen schwäbischen Akzent, gepaart mit einer Art lispeln, weshalb ich es auch mit ihr einfach nicht lange aushielt. Also ging die Suche weiter und ich versuchte mich mal wieder bei Fischkopf.de. Diesem Portal sage ich eine gewisse Seriosiät der Teilnehmer nach. Aber gleichzeitig sind die Teilnehmer auch dementsprechend langweilig im Gros.

Die Schwulenversteherin

Gar nicht langweilig und in Bardowick bei Lüneburg gelandet war das Schützemädchen Karin. Karin war eine gestandene Frau, erwachsene Kinder und Vollzeit arbeitend. Sie war unglaublich stolz auf ihre Wohnung, die mit Blick auf einen Lüneburger See ganz ruhig im Grünen gelegen war.

Klein, aufgeräumt und fein. Wir verstanden uns ganz gut und schon nach einem kurzen Schriftwechsel wurde ich in ihr Allerheiligstes eingeladen.

Karin empfing mich warmherzig und es war ungezwungen und leichtlebig mit ihr. Wir hatten vereinbart, in einem Restaurant in der Nähe was zu essen. Ich rechnete schon fast damit, dass es nach dem Essen einfach eine Verabschiedung gibt und jeder seiner Wege geht. Aber weit gefehlt. Nach einem unterhaltsamen Abend im Restaurant mit Karin war sie die treibende Kraft, den Aufenthalt in dem Lokal zu beenden und den Heimweg anzutreten. Ganz unumwunden fragte sie direkt, ob ich noch mit zu ihr kommen möchte. Ich ließ mich nicht zweimal bitten. Der Rückweg ging bereits Hand in Hand und beim Aufschließen ihrer Wohnungstür nutzte ich die Gelegenheit, sie zu küssen. Wir kamen gar nicht wirklich dazu, uns in Ruhe auszuziehen, denn es ging mehr oder weniger sofort in Richtung ihres Sofas. Ich befummelte sie erst einmal ausgiebig, denn man will ja sehen, was man da einkauft. Alles fühlte sich schon fest und sexy an und ich begann ihren Pullover abzustreifen und den auch den Rock hinten zu öffnen. Karin war nicht ohne, sie griff mir direkt zärtlich in den Schritt. Wohl auch eine Art Kontrollgriff. Wir gefielen uns und fackelten nicht lange. Ich legte sie mir über die Sofalehne und fing erst einmal genüsslich an, sie von hinten zu nehmen. Nach einiger Zeit wechselten wir kurz die Stellung und ich ließ Karin ausgiebig auf mir reiten. Dabei konnte ich ihre Brüste durchkneten und liebkosen. Sie wurde immer wilder und fordernder, so dass ich noch einmal den Spieß umdrehte und auch Karin umdrehte und schön fest von hinten nahm. Mit Sicherheit hörten ihre Nachbarn, dass es ihr gerade gut ging. Warum in der Überschrift Schwulenversteherin steht? Nun, Karin und

43

ich haben sehr einvernehmlich darüber gesprochen, dass es jedem Menschen selbst überlassen bleiben sollte, wie er oder sie sein Liebesleben gestaltet. Viel aufregender war es nicht, nur fiel mir auch keine andere Überschrift für diese Episode ein.

Im Augenblick habe ich eine kleine Pause bei Tinder eingelegt und nutze diese Singlebörsen nicht. Allem voran aufgrund der Corona Pandemie. Aber schon bald möchte ich noch mehr dazu herausbringen.